JOURNAUX

DES

DEUX SAVOIE

PORTRAITS A LA PLUME

PAR

ANTONY DESSAIX

Y   EN VENTE, A CHAMBÉRY, CHEZ L'AUTEUR

LE PANTHÉON CHAMBÉRIEN

JOURNAUX

DES

DEUX SAVOIE

PORTRAITS A LA PLUME

PAR

ANTONY DESSAIX

EN VENTE, A CHAMBÉRY, CHEZ L'AUTEUR

QU'EST-CE QUE LE PANTHÉON ?

Le Panthéon... Eh bien, c'est une immense armoire,
  Divisée en compartiments,
   Où l'on tient tous les condiments
Qui peuvent relever la fadeur de l'histoire.
   Ce sont là les vrais éléments
  De la cuisine de la gloire.

PRÉFACE

Supposons que tous nos journaux
Soient œuvre de littérature,
Tous leurs rédacteurs, c'est nature,
Sont des originaux
Qui valent qu'on leur fasse un habit sur mesure.

Mais le journal a sa couleur,
Le journaliste perd donc la sienne ;
Et d'où qu'il vienne,
Le pauvre rédacteur   [aille
Prend l'habit qui l'attend au seuil, comme qu'il
A sa taille.

Dès lors, laissons le rédacteur,
Occupons-nous de la livrée ;
Nos journaux ont chacun la leur,
Ou vénérable ou vénérée.

Journaux de la Savoie

LE COURRIER DES ALPES

Chambéry.

Voilà notre doyen, c'est partant un vieillard ;
Il va comme quelqu'un qui remplit une tâche.
Chez l'indifférent savoyard
De tirer à sept cents il a découvert l'art
Depuis si longtemps..... qu'il rabâche.

LE PATRIOTE SAVOISIEN

Chambéry.

Patriote, c'est bien,
Mais le mot savoisien
Est un raffinement qui chez lui nous étonne.
Ce vocable nouveau, du reste, ne convient
Guère à personne.
Mais vous trouverez quelque part,
Dans le dictionnaire,
Que le mot savoyard
Ferait mieux son affaire.

———————

LA GAZETTE DU PEUPLE

Chambéry.

Entre les camps divers elle tient la balance,
Honnête est son drapeau, digne est sa contenance,
Elle tient en échec et le peuple et les rois ;
Mais les hommes ainsi sont faits en politique [tique
Qu'être honnête est un crime, et qu'en fait de bou-
Celui-là vend le plus qui vend plus à faux poids.

On dit pourtant qu'il est auprès d'elle de mise
De varier d'opinion ;
Moi, je suis d'avis qu'il est bon
De pouvoir en toute saison
Fréquemment changer de chemise.

LE MONT-CENIS

Chambéry.

Son vrai principe le voici :
Pour résoudre le grand problème,
Le moyen est simple, il suffit
De demander au peuple même
Comment il veut être régi.

Ah ! quand on s'adresse à la foule
Dont la voix est, comme la houle,
Changeante, il faut bien l'avouer,
C'est que vraiment on désespère,
Et qu'en fait de saint sur la terre
On ne sait à qui se vouer.

LE BON SENS

Chambéry.

Qui donc a dit qu'il court les rues
Et qu'il naît sous chaque pavé ?
Ce monsieur avait la berlue,
Je connais quelqu'un qui se tue
A le répandre avant que de l'avoir trouvé.

LE COURRIER DE CHAMBÉRY

Chambéry.

Les courriers, c'est la poste aux ânes,
On sait ça comme son pater.
Qu'ils viennent de Brive ou Quimper,
Des Alpes même, par Modanes,
Et d'où qu'ils soient l'écho,
Ils auront beau faire les crânes,
Ils sont tous rococo.

Celui de Chambéry se conforme à la règle.
Il n'a pas la prétention
De faire exception,
Ni d'être un aigle.
Tout en allant cahin-caha,
A voir son grand confrère et le train dont il va,
Je gage qu'il arrivera
Au grand steeple-chasse
De la presse,
A cueillir des lecteurs, ou païens ou chrétiens,
Avant que son confrère ait rattrapé les siens.

LA FEUILLE D'AVIS

Chambéry.

L'avis est une bonne chose,
Puisqu'au coin des bois on s'expose
A l'échanger contre de l'or
(On vous laissera l'un, mais si vous donnez l'autre).
Eh bien, veuillez, suivre le nôtre :
Abonnez-vous à ce trésor ;
Pour trois francs il devient le vôtre.
Rien de plus propre à captiver
Le lecteur, et, d'après l'apôtre,
On ne sait jamais trop ce qui peut arriver.

LA SABAUDIA

Chambéry.

Son nom vient de sabot, ne cherchez pas plus loin.
Preuve : C'est dans ce petit coin
Que la nation, élégante
Par excellence, aux yeux du monde entier,
A trouvé chaussure à son pied
En mil huit cent soixante.

LE JOURNAL DE LA SOCIÉTÉ D'AGRICULTURE

Chambéry.

Le journal que l'agriculteur
A tout autre préfère,
Ecrivains, vous aurez beau faire,
De démenti je n'ai pas peur,
C'est le journal..... de terre.

LA REVUE DES EAUX MINÉRALES
DE LA SAVOIE

Chambéry.

Ça paraît comme tous les mois.
Son rédacteur a plus de croix
Qu'homme de France ;
Cette brochette c'est le prix
De sa science.
Mais envers Bonjean le pays
Est encor, mes amis,
En dette de reconnaisance.

Lorsque l'on sait par quel labeur
Pas mal de chevaliers, artistes en courbette,
Ont attrapé la leur,
On est moins étonné de voir qu'à sa brochette
Manque la Légion d'honneur.

LE JOURNAL DES SOURDS-MUETS.

Chambéry.

.   .   .   .

.   .   .   .

Mais pour que les sourds-muets aient plaisir à le lire,
Il n'était pas besoin d'aveugles pour l'écrire.

LE RECUEIL DES ACTES ADMINISTRATIFS DE LA PRÉFECTURE DE LA SAVOIE

Chambéry.

Moniteur de la Préfecture,
A tous chefs de service il se donne pour rien ;
Chez tous les maires il figure ;
Mais pour ce qu'il contient
Je serais bien
En peine de le dire.
J'ai trop à faire à le plier,
Puis encore à l'expédier,
Pour avoir le temps de le lire.

———

LA SAVOIE THERMALE

Aix-les-Bains.

C'est un article en six colonnes
Toujours renouvelé des Grecs...
Ces conditions sont fort bonnes :
Lecteurs mouillés, auteurs pas secs.

LE RÉPUBLICAIN

Albertville

La France est comme un Archimède
Qui s'en va cherchant un secret ;
Il lui faut pour sa plaie un topique discret,
Albertville vient à son aide.
Ici nous guérissons les Francs,
Car à l'Hôpital sous Conflans
On connaît le remède.

LA LISTE DES BAIGNEURS

Aix-les-Bains.

Que font les journaux d'Aix-les-Bains,
Qu'ils s'appellent Nymphe ou Neptune,
Si ce n'est étaler les noms des citoyens
Titrés ou de grande fortune
Qui, sur la foi des vieux romains,
Viennent se mettre dans les mains　[ne?
De doucheurs d'une adresse étrange et peu commu-

La liste en fait tout autant qu'eux,
Et même avec plus d'éloquence.
Les variations, on le sait, sonnent creux,
Et les gens de goût sont nombreux
Pour dire hautement qu'en sa naïve essence
Le simple thème vaut bien mieux.

LE SAVOYARD

Moûtiers.

Voilà qui devrait être un journal à-r-un sou ;
(Pardonnez-moi cette euphémie).
Puisqu'un petit sou rend la vie
Il peut bien la donner itou.

L'ÉCHO DES ALPES

Moûtiers.

L'écho, dans le monde païen,
Est une nymphe, n'en déplaise,
Qui dit tout ce qu'on dit comme cela lui vient,
Et bavarde tout à son aise.
Mais les Alpes ne disent rien,
La piémontaise
Pas plus que la française.
Que peut donc bien
Venir nous répéter l'écho de Tarentaise ?

LE JOURNAL NÉGATIF DE St-JEAN DE Mne

A Saint-Jean, le bonheur
A pleines mains se cueille,
On peut y voir un rédacteur,
Et point de feuille.

Journaux de la Haute-Savoie.

———

RÉFLEXION EN PASSANT

L'autre Savoie accourt s'incrire sur ma liste.
Ici l'on est si peu de l'avis de Piccon,
Que tout Savoyard, loin d'être séparatiste,
Voudrait de tout son cœur ne former qu'un canton.

———

LE MONT-BLANC

Annecy.

Le Mont-Blanc est tiraillé
Par la Suisse et par la France,
(J'entends ce pic émaillé
De neiges en permanence);
Mais cet étrange journal
Qui du même nom s'appelle,
Vrai phénomène moral,
Est et restera fidèle
Au fétiche impérial.

L'UNION SAVOISIENNE

Annecy.

Il est vingt ans de ça. Rome n'était plus Rome ;
Le journal l'*Univers* avait trouvé son homme
Dont la voix réveillait les échos du Mont-Blanc.
Ensemble ils ébranlaient la couche atmosphérique ;
On pouvait les entendre et d'Asie et d'Afrique.
     Ces fameux Stentors, je m'explique,
C'est le grêlé Veuillot et c'est Rupert-le Grand.

Mais ne voilà-t-il pas qu'une voix aigre et frêle
Prétend de ce Rupert répéter la leçon.
     Autant ferait une crécelle
     Après un grand coup de canon.

Puis Veuillot (ou Rupert) c'est le chien de la fable
     Qui, se permettant tout,
Même en polissonnant savait être adorable.
Mais quand l'âne voulut imiter le toutou,
     Un bon martin à double bout
Se chargea de le rendre un peu plus raisonnable.

LES ALPES

Annecy.

La montagne s'abaisse et la plaine s'élève,
  Ainsi parlent les livres saints.
    Souffrez, chers lecteurs, que j'achève
La sainte parabole avec un tour de mains.

Monté sur son journal, jusqu'à la préfecture
  Jules Philippe est parvenu ;
    La montagne suit sa nature,
Elle s'abaisse, hélas ! Philippe est descendu.

    Mais à présent qu'il est la plaine,
    Qu'il est déroché du pouvoir,
    Les mains nettes à son avoir,
    Les bras libres de toute chaîne,
Il est de ceux-là qui s'élèvent en tombant.
Comme Cincinnatus il reprend sa charrue ;
    Son pain quotidien il le sue.
Combien peu de préfets tombés en font autant ?

L'INDUSTRIEL SAVOISIEN

Annecy.

Simple et modeste, c'est plus qu'un industriel,
C'est un industrieux qui l'imprime et dirige,
Et même, par dessus le marché, le rédige.
Il réalise encore un bien autre prodige :
Il gagne de l'argent, et c'est l'essentiel.

LA REVUE FLORIMONTANE

Annecy.

Ce titre me paraît imprudent, si ce n'est
Plus, quand il considère un journal de l'espèce ;
Une lettre, un accent et, sans qu'il y paraisse,
La coquille lui dit son fait.
Car revue
Et bévue
Riment très-richement,
Et Madame
L'épigramme
Se présente aisément.

Mais les savants n'en font pas d'autres,
Ceux d'Annecy comme les nôtres.
La foi qu'ils ont en eux a l'horreur du détour,
Et dans leur sanctuaire,

De son savant confrère
Chacun est le thuriféraire,
   A charge de retour.

C'est là-dedans que l'on consigne
Les œuvres d'importance insigne
Que voit naître le Parmelan ;
Et la vieille Florimontane
Y jase, y jabote, y cancane
   Vingt-quatre fois par an.

———

LE RECUEIL DES ACTES ADMINISTRATIFS

DE LA PRÉFECTURE DE LA HAUTE-SAVOIE

Annecy.

Des affiches c'est la réduction sommaire,
 Et c'est le guide-âne du maire.
 Avec ça, ce fonctionnaire
 Sait au moins à quoi s'en tenir.
 Il y trouve ce qu'il doit faire,
 En temps de paix, en temps de guerre,
 Il faut être borné, j'espère,
 Pour ne pas savoir l'accomplir.

LE JOURNAL DU COMMERCE

Rumilly.

Quels sont les vœux les plus chers au commerce?
Que les échanges soient nombreux,
Qu'un constant va-t-et vient s'exerce,
Qu'acheteurs et vendeurs s'arrangent pour le mieux.

Le mieux qu'est-il? C'est que la marchandise
Qu'on donne contre des gros sous,
Soit de choix et de bonne prise ;
Et marchands et chalands sur ce point sont jaloux.

A Rumilly, l'on connaît son affaire,
Texte serré, service diligent,
Son journal contient tout, et la paix et la guerre,
Les abonnés en ont pour leur argent.

———

L'ALLOBROGE

Bonneville.

L'Allobroge est encore un peuple à sa façon.
Pour la première fois qu'il paraît dans l'histoire,
    C'est à propos de trahison,
    Oh ! quel affreux titre de gloire !

    Mais, plus tard, c'est par sa fierté,
    Son amour pour la liberté,
        Qu'il se signale ;
    Si bien que de la trahison
    Bientôt il n'est plus question,
        Et qu'en finale,
    Pour produire un peuple vaillant,
    Voire un journal indépendant,
    L'Allobrogie est sans égale.

LE LÉMAN

Thonon.

BARCAROLLE

Oui, Folliet l'inspire,
Et sous son empire
Un noble délire
L'anime parfois.
Sait-on ce qu'il aime ?
On le voit à même
Dans sa haine extrême
Contre tous les rois.

L'ANNONCE

ÉCHO CHABLAISIEN

Thonon.

Comme rédaction, c'est vraiment un peu sec.
L'annonce, on le sait bien, c'est le pain (je la flatte);
Cependant même un spartiate
Mangerait du brouet et du fromage avec.

ÉVIAN-L'ÉTÉ

Évian-les-Bains

Puisque l'occasion à l'instant s'en présente,
    Disons à toutes bonnes fins
Qu'Evian ayant sa gloire, une gloire éclatante,
Pourquoi, rebaptisant cette cité charmante,
Faire du bel Evian le lourd Evian-les-Bains ?

LA ZONE

Saint-Julien.

Air de : *Michel et Christine.*

Souvenez-vous un peu du prône
Que répétait chaque curé :
Mes frères, nous aurons la zone,
Notre bonheur est assuré.
Nous priserons,
Nous fumerons
Du bon tabac avec moins de dépense ;
Plus de douaniers,
Et les derniers
Seront pendus par les contrebandiers.
L'enthousiasme était immense
Depuis les Usses au Léman,
Et voilà, mes amis, comment
On se donne à la France (*ter*).

L'ÉCHO DU SALÈVE

Saint-Julien.

Il fallait un mathématicien,
   Ce fut un danseur qui l'obtint.
  C'était à propos d'une place
  Que les bavards parlaient ainsi ;
  Il paraît qu'en tout temps la race
    Des danseurs réussit.

     Ça lève
  La jambe, ça courbe le dos,
  A Saint-Julien, près de Genève,
  Ces accents trouvent des échos.
  Une rédaction banale,
  Mais un excellent feuilleton
  Du par trop poète Gaston ;
  Pour appoint la mercuriale,
  En voilà toute la façon.

POST-FACE

Je ne vins point au monde au sein de l'islamisme,
Et comme un autre enfant je fus au catéchisme.
Un jour, mon bon curé me demanda ceci :
Savez-vous quel il est le plus vaste prodige
Qui par la main de Dieu sur terre s'accomplit ?
Je ne répondis pas, ce devait être ainsi ;
Mais avec un enfant un bon curé transige.
Eh bien, c'est, reprit-il, que dans l'immensité
Il a su parsemer tant de variété;

    Que les veines d'un même marbre,
    Et que les feuilles d'un même arbre
    Se semblent sans se ressembler ;
    C'est que la feuille de ce chêne
    Soit très-semblable à la prochaine
    Sans complétement l'égaler.

Je vois dans les journaux — et je crie au miracle —
    Même uniformité,

Même diversité.
Ce cri sert fréquemment à franchir un obstacle.
Mais veuillez m'avouer pourtant
Que, par ce temps d'incohérence,
Il est autrement étonnant
De rencontrer quelqu'un qui pense
Et sur la forme et sur le fond
Avec un autre à l'unisson.

FIN

Chambéry, typ. D'Albane.

www.ingramcontent.com/pod-product-compliance
Lightning Source LLC
Chambersburg PA
CBHW060839180626
46818CB00004B/1510